EN VACANCES

VINGT ANS

SOUVENIRS DE VOYAGE

SAINTE-THÉRÈSE ET LE VIN D'EAU

LA MALLE ÉGARÉE

SILHOUETTES D'AVOCATS

PAR

CHARLES L....

PARIS

LIBRAIRIE DES BIBLIOPHILES

Rue Saint-Honoré, 338

M DCCC LXXXII

EN VACANCES

EN VACANCES

VINGT ANS.

SOUVENIRS DE VOYAGE

SAINTE-THÉRÈSE ET LE VIN D'EAU

LA MALLE ÉGARÉE

SILHOUETTES D'AVOCATS

PAR

CHARLES L....

PARIS

LIBRAIRIE DES BIBLIOPHILES

Rue Saint-Honoré, 338

—

M DCCC LXXXII

EN VACANCES

VINGT ANS

Réponse à un ami.

I

Pourquoi gémir des atteintes du temps?
Si sur mon front quelque ride s'accuse,
Pour l'effacer j'appelle à moi la Muse
Qui souriait jadis aux doux élans
De mes vingt ans.

II

Elle apparaît en sa fraîche jeunesse,   -
Les fleurs au front, avec les seins naissants
Que cache à peine un voile aux plis flottants,
Et son baiser ramène encor l'ivresse
    D'avant vingt ans.

III

Alors tous deux, les ailes étendues,
Main dans la main, comme font les enfants,
D'un vol aisé nous montons dans les nues,
Et je revois tous les songes charmants
    Faits à vingt ans.

IV

... Voici le bois où sont les muguets blancs
Que je cueillis un matin avec Jeanne.
Un peu défaite et les cheveux aux vents,
Elle a perdu son bouquet... et son âne :
    Heureux vingt ans !

V

Nous étions seuls sous les bouleaux tremblants,
Tels que Daphnis et la chaste bergère,
Type éternel des candides amants
Cherchant pourquoi le cœur... : vague mystère,
    Brûle à vingt ans.

VI

Amour champêtre, hélas ! bientôt se fane,
Il faut Paris à mes désirs ardents...
Jeanne pleura, mais crut à mes serments,
Et la pauvrette attend,... comme sœur Anne,
    Depuis vingt ans !

VII

Chers souvenirs, ô vieux quartier Saint-Jacques,
Quels cris de joie et quels tressaillements
Quand, débarqué du railway d'Orléans,
Je vins à toi juste le jour de Pâques
    Où j'eus vingt ans !

VIII

Ta rue étroite était alors bien sombre ;
Mais on chantait, on bravait les sergents !...
Passé lointain effacé comme une ombre,
Car la jeunesse, en notre triste temps,
N'a plus vingt ans !

IX

... Entendez-vous quelle joyeuse ronde ?
Lisette, allons, jette bas ces rubans,
Et toi, Clara, des refrains éclatants...
Il est si bon, n'est-ce pas, brune ou blonde,
D'avoir vingt ans !

X

— Illusions, chimère fugitive ! —
S'écrie un sage au nom du froid bon sens.
Je n'entends, moi, que l'écho qui m'arrive
Et qui redit les rires et les chants
Vieux de vingt ans.

XI

Vaut-il pas mieux vivre avec ces chimères
Que s'attrister sur quelques cheveux blancs?
Demeurez donc, ô mes ombres si chères,
Puisqu'avec vous revivent palpitants
    Mes beaux vingt ans!

1869.

UN SOUFFLET

On ne sait plus qu'offrir pour la nouvelle année.
Des bonbons et des fleurs la mode est surannée ;
Un bronze est trop massif, trop vulgaire un coffret :
Ma foi, tant pis, je vais vous donner un soufflet...

« Quoi ! Monsieur, vous croyez que je tendrai la joue ? »
Et votre bouche rose à ce mot fait la moue !
Eh bien ! oui, tendez-la, mais pour un bon baiser
Que ma vieille amitié prétend y déposer
Avec ses vœux ardents pour que l'année entière
S'écoule sans verser sur vous une heure amère !

« Mais, enfin, ce soufflet ?... » Regardez, un drageoir...
Qui sur votre étagère ira dormir ce soir !
Et c'est, Madame, ainsi qu'exauçant ma prière,
Sans crainte du soufflet vous me laisserez faire.

Janvier 1882.

L'HIRONDELLE

A Madame M. L.

Puisque bientôt, hélas ! vous allez d'un coup d'aile
Loin de ce doux Paris gagner les pays froids,
N'oubliez pas, du moins, ô ma chère hirondelle,
Le nid encor tout chaud qui s'abrite à nos toits ;

Et si vous frissonnez sous l'haleine de glace
De l'âpre vent du Nord qui soufflera là-bas,
Plutôt que d'y mourir, revenez prendre place
A ce nid qui jamais n'a connu les frimas.

Allez, envolez-vous, mais laissez l'espérance
Garder comme un ami le gîte déserté ;
Le cœur a sa patrie, et pour vous c'est la France,
Car vous symbolisez la grâce et la beauté.

1882.

PRINTEMPS

Demain sonnent vos dix-sept ans !
Heureuse enfant, c'est le printemps
Qui vient frapper à votre porte ;
Gardez bien les dons qu'il apporte :
Éclair aux yeux, tendresse au cœur,
Chaste amour, rêves de bonheur !
Toujours trop tôt les pensers sombres
Sur vos jours jetteront des ombres ;
Faites donc fête au visiteur,
Ouvrez votre âme à l'enchanteur,
Et tendez les bras en amie
Au gai printemps de votre vie.

1875

SOUVENIRS DE VOYAGE

EN FOREZ

LES RUINES DE SAINT-BONNET-LE-CHATEAU

A Mademoiselle Alice L.

I

Dans un morne abandon plein de mélancolie,
La vieille cité meurt comme Fontarabie...
Elle aussi se souvient, et plus d'une maison
Sous la rouille du temps garde son fier blason.
Vingt fois pris et repris par la force ou la ruse,
Le donjon porte au flanc bien des coups d'arquebuse,
Et les remparts noircis disent que les ligueurs
Dans la ville fumante entrèrent en vainqueurs !

II

Du cloître il reste encor les stalles solitaires
Qui, la nuit, des hiboux deviennent les repaires.
Leur cri, dans le silence attristé des tombeaux,
Troublant les saints prieurs couchés sous les arceaux,
Leur rappelle que c'est le baron des Adrets
Qui, vainqueur à son tour, sans pitié ni regrets,
A la flamme livra chœur, autel et retables,
Livres et vieux missels, des chefs-d'œuvre admirables,
Même les parchemins où, pieux travailleurs,
Les moines entassaient des siècles de labeurs !

Dans la crypte romane on montre des momies,
Seuls témoins survivants de ces guerres impies.
La terre fut clémente à ces vaillants soldats
Qui moururent debout frappés dans les combats ;
Elle a gardé si bien leurs corps purs de souillure,
Qu'il semble qu'on va voir se rouvrir leurs blessures
Et le sang en jaillir, tant la vie apparaît
Dans ces yeux demi-clos et qui dorment en paix.
Lequel fut huguenot et quel autre papiste ?...
Pauvre folie humaine ! Ajoutons à la liste

Des martyrs de la foi ces héros inconnus
Que la mort, moins cruelle, ensemble a confondus !
Quelques-uns ont encore au côté la rapière,
D'autres le casque en fer qui couvre leur paupière ;
Sans souci des vivants dormant d'un long sommeil,
Le jugement dernier verra seul leur réveil.
Que des songes légers égayent donc leur âme,
Et, jusqu'au jour suprême en conservant la flamme,
Leur montrent dans les cieux la nouvelle Sion !

III

Voulez-vous à ces morts faire diversion ?
Allez voir près de là, ruine moins navrante,
La porte des remparts à l'ogive puissante ;
Les piliers ont fléchi sous le poids du fardeau,
Et plus d'un a déjà perdu son chapiteau.
C'est en s'en emparant que Mandrin et sa bande,
— Cent braves cavaliers nés pour la contrebande,
De vrai tabac d'Espagne honnêtes trafiquants,
Mais terreur des maris comme sont les truands, —
Un dimanche, au soleil et sans plus d'artifice,
Envahirent la place à l'heure de l'office.
On juge de l'effroi de monsieur l'échevin

Qui dut vider sa caisse et la cave au bon vin,
Car, en plus des écus, le soudard sans vergogne
Exigea dix tonneaux de son meilleur bourgogne !...
Et, comme ce bandit était quelque peu clerc,
Il dressa de sa main, pour bien mettre à couvert
Le digne fonctionnaire, avec sa signature
Un bon procès-verbal relatant l'aventure [1].
L'audace était plaisante, et son succès fut vif.
Mandrin en rit beaucoup... mais il fut roué vif !

Octobre 1882.

---

[1]. Cette pièce est conservée aux archives de la ville.

ÉTIOLLES

LA LIBÉRATION DU TERRITOIRE

1872

Ils sont partis !... la honte est bue !
A peine ont-ils franchi le seuil
De la patrie encore émue,
Que, laissant nos habits de deuil,
Incapables de plus d'efforts,
Nous foulons en riant la terre
Sous laquelle dorment nos morts.
Pressés dans leur étroite bière,
En entendant nos cris joyeux
Ils doivent dire : « Ils sont heureux !
Enfin ils ont eu la victoire...
La France a recouvré sa gloire ;
Serrons nos rangs, car le Germain
A nos côtés sera demain ! »

MARSEILLE

VUE DU PORT PAR JOSEPH VERNET

I

Que de fois, quand j'étais enfant,
Chez un grand-parent près d'Étampe,
On m'a surpris seul et rêvant
En face d'une ancienne estampe
Qui montrait Marseille et son port,
Qu'au fond dominait un vieux fort.
On voyait, active, affairée,
Toute une foule bigarrée :
Des Levantins en hauts turbans,
Habillés de riches caftans
Avec de la fourrure aux manches
Et de larges ceintures blanches,
Fumaient ou marchaient à pas lents
Sous les arcades d'un portique ;

C'étaient des marchands opulents
D'Istamboul ou de Salonique.
Fiers d'allure et l'air magnifique,
On les eût pris pour des pachas !
Plus loin, quelques Grecs de Patras
Enjuponnés de fustanelle,
Sabre au côté, causaient cannelle.
Des Barbaresques de Tunis,
Des Circassiens de Tiflis,
Mêlés à des Indiens du Gange,
Complétaient ce fouillis étrange
Et formaient un tableau charmant
Que dévoraient mes yeux d'enfant.

II

Depuis ce temps lointain, Marseille
M'apparut comme une merveille...
J'imaginais là l'Orient
Sous son aspect le plus riant...
Dolmans brodés où l'or chatoie,
Turbans pompeux frangés de soie,
Scintillaient sans cesse à mes yeux
Avec des Turcs majestueux,

La barbe d'ambre parfumée,
La lèvre exhalant la fumée
Qui sort du nuage odorant
D'une longue pipe d'Oran !
Mais autres temps, autres coutumes :
Ils ne sont plus, ces beaux costumes !
La mode a courbé sous ses lois
Les fiers Osmanlis d'autrefois,
Qui, pour n'être plus des barbares,
Proscrivant caftans, armes rares,
Dans d'étroits vestons boutonnés
Sur Paris se font façonnés !
Hélas ! il meurt, le pittoresque,
Sous cet accoutrement grotesque !
O maître aimé de la couleur,
Noble Rembrandt, quelle douleur
Tu dois ressentir en ton âme,
Toi dont le pinceau fait de flamme,
Dans un clair-obscur lumineux,
Montrait superbes leurs aïeux !
Aujourd'hui pâles parodistes,
A Marseille indolents et tristes,
Au théâtre on les voit le soir
Bâiller, puis au café s'asseoir

Pour fumer, avec de la bière
Qu'a vu naître la Cannebière,
Non un chibouk, mais des londrès;
C'est là pour eux qu'est le progrès!
A peine à Paris, ils accourent
A l'Éden, où fiers ils entourent
Des drôlesses qu'en leur sérail
Ils prendraient comme épouvantail!
Leurs femmes, j'entends les chrétiennes,
Sont de pures Parisiennes :
Elles vont chez Worth, chez Guerlain,
Portent, pour bien montrer leur main,
Des gants signés Alexandrine,
Ont horreur de la crinoline,
Et raffolent de l'Opéra.
N'allez pas leur parler Péra,
C'est pour elles chose finie!...
Le Bosphore ni l'Arménie
Ne font plus tressaillir leur cœur;
C'est au Bois qu'est le vrai bonheur,
Autour du lac, à la cascade
Où galope la cavalcade!

EN NIVERNAIS

DUNPHLUN

Dix couplets en un.

Au beau pays du Nivernais,
Sur un vallon ombreux et frais,
Se dresse, citadelle altière
Dont le temps a noirci la pierre,
L'antique donjon de Dunphlun.

C'est là que la vigne finit ;
Là que commencent le granit
Et ces grands chênes séculaires
Qui virent les Gaulois nos pères,
César et le farouche Hun !

Là, ruminent silencieux,
Avec du vague dans les yeux,
Les bœufs à la corne puissante
Dont la robe blanche est luisante,
Et qui cheminent un à un.

J'aime, accoudé sur sa terrasse,
L'immensité que l'œil embrasse,
Et qui, dans l'horizon lointain,
Fuit comme un océan sans fin
Tacheté de vert et de brun.

Au temps jadis ses grands barons
Pillaient les plaines en larrons,
Rançonnant la gent corvéable,
Sans merci pour le misérable...
Souffrir était le sort commun !

Aujourd'hui, jeune châtelaine,
Une femme, qui serait reine
Si l'on couronnait la bonté,
Répand sur tous sa charité
Discrète comme un doux parfum.

Elle aime les soleils couchants,
Mais plus encore ces enfants
Que l'abandon ou la misère
Ont laissés nus loin de leur mère,
Et sans même un nom pour chacun [1].

---

[1]. Les enfants envoyés par l'Assistance publique.

Infirmière et médecin,
Cherchant qui souffre ou qui a faim,
Elle court gaîment au village :
N'est-ce pas faire acte plus sage
Qu'entendre deux messes à jeun ?

Ou même, dussent les dévots
Se scandaliser du propos,
Comme on va voir la comédie,
Assister à quelque homélie
De Monsieur le comte de Mun ?

Quand la neige couvre la terre,
Des malheureux elle est la mère :
Bouvier, vigneron ou berger,
Tous ont leur place à son foyer ;
Pour elle il n'est pas d'importun.

Aussi le pauvre la bénit ;
Et l'orphelin qui lui sourit,
S'il la voit passer douce et belle,
Dit en accourant sous son aile :
« C'est notre dame de Dunphlun ! »

1874.

EN BOURGOGNE

LA SAINTE-THÉRÈSE ET LE VIN D'EAU [1]

A Madame Thérèse L.

I

C'est aujourd'hui qu'au paradis
Les anges roses et bouffis
Voltigeant d'une aile amoureuse,
Et la milice bienheureuse,

---

1. Le vin d'eau est un produit nouveau, très répandu dans les pays vignobles depuis que l'invasion du phylloxera a diminué le rendement de la vigne.

Il s'obtient très facilement. Au lieu de jeter le marc du raisin, on le conserve dans une cuve qu'on remplit d'eau fortement sucrée. La fermentation agit et l'eau se charge de principes vineux qui, associés à l'alcool du sucre, donnent en peu de temps un vin d'un bouquet exquis..., dit-on.

L'opération peut se renouveler presque indéfiniment, le marc ayant une puissance vineuse aussi inépuisable que la bouteille de Robert-Houdin.

Un savant chimiste a fait là-dessus un gros livre.

— Chastes vierges voilant leur sein,
Vieux martyrs palmes à la main, —
Vers Thérèse, dont c'est la fête,
Accourent l'auréole en tête.
Des Séraphins jeunes et beaux
A ses pieds mettent leurs cadeaux ;
D'autres, sous le sacré portique,
Délaissant le pieux cantique
Qui soir et matin retentit
Aux oreilles du Saint-Esprit,
Entonnent l'air que Pergolèse
A fait en l'honneur de Thérèse
Sur un rythme moins solennel
Que celui qu'entend l'Éternel.
La main sur les touches d'ivoire,
Cécile aussi chante sa gloire ;
Et l'orgue éclate en sons joyeux
Pour dire son triomphe aux cieux.

II

La sainte, heureuse, mais modeste,
Sourit à la troupe céleste :
Au plus humble comme au plus grand,

Au pauvre Job, à Ferdinand
Roi d'Aragon et de Castille,
Qui fut un peu de sa famille ;
Au vieux patron des avocats,
Dont là-haut on fait peu de cas,
Chacun ayant sa clientèle
Et la voulant garder fidèle ;
A l'ermite que suit toujours
Le compagnon des mauvais jours,
Mais qui ce soir fait compagnie
Au nouveau dans la confrérie,
— Un saint qui resta par vertu
Trente ans sans linge et mal vêtu ; —
Même à Thomas qui doute encore
En regardant ce qu'on adore...,
Enfin à tous les bienheureux
Qui passent obscurs ou fameux.

Quand les chants ont cessé, la danse
Sous les bosquets fleuris commence,
Pour ne s'arrêter qu'au festin
Qu'offre à Thérèse un chérubin.

III

Vous, sa filleule sur la terre,
Vous auriez mérité, ma chère,
D'assister au concert divin
Et d'avoir place à ce festin,
Car autant que votre patronne
Vous êtes charitable et bonne !
Mais pendant qu'on festoie au ciel
Avec l'ambroisie et le miel ;
Qu'on boit un nectar délectable ;
Nous n'avons, nous, à cette table,
A vous offrir avec nos vœux
Qu'un peu de ce vin généreux
Du temps où la Bourgogne heureuse
Avait vendange plantureuse...
— Beau temps qu'hélas ! il faut pleurer ! —
Il est vrai, pour nous consoler,
Que coule encor l'eau de la source,
Qui nous assure une ressource
Si jamais, quelque jour maudit,
La vigne de France périt
Sous la dent toujours plus vorace

De l'insecte qui la menace !
Notre hôte, en effet, livre en main;
Soutient que l'eau se change en vin
Par certain procédé chimique,
Vrai miracle scientifique !
— Ah ! qu'il doit rire saint Thomas,
Si ce propos s'entend là-bas ! —

IV

Et maintenant, sans plus de plainte,
Demandons à la chère sainte
De veiller à votre côté,
De bien garder votre beauté
Avec ce charme qu'on admire
Et qui s'échappe d'un sourire.
Qu'elle soit le bras qui soutient
A l'heure où la tristesse vient
Dans l'âme qu'envahit le doute...
Qu'elle écarte de votre route
Les sots, les méchants et les fous,
Les hypocrites, les jaloux;
Et qu'ainsi, loin de la tourmente,
Vos jours, suivant leur douce pente,

Coulent comme ce gai ruisseau
Qui chante et court près du coteau
Où ce matin, pendant l'orage,
Vous trouviez l'abri du feuillage ;
Que Marie ait bientôt l'époux
Que voit son rêve..., brave et doux,
Et que notre rieuse Alice
Conserve toujours sa malice !
Qu'enfin l'hôte qui me reçoit
Comme un vieil ami sous son toit,
En abondance ait dans ses treilles
Le raisin aux couleurs vermeilles ;
Que la chanson du vendangeur
Ramène les jours de bonheur ;
Que dans la cuve qui déborde
La grappe sous la main se torde
Pour former un rouge ruisseau
Qui pour baptême n'ait que l'eau
Que le grain boit dans la rosée
Par la nuit fraîche déposée ;
Source de vie et de chaleur
Qu'a formée un peu de vapeur,
Et qui circule fécondante
Dans les artères de la plante !...

Voilà le miracle de Dieu,
Le même toujours, en tout lieu !
Celui qui raille la science
Et confondant, notre impuissance,
Mieux qu'alchimistes ou savants
Sait transformer les éléments
Sans alambic et sans formule...
Tout autre me trouve incrédule,
Même celui qui d'un vieux marc
Arrosé d'eau fait du Pomard !

Fontaine, octobre 1882.

EN AUVERGNE

IMPRÉCATIONS A LA BOURBOULE

Sois maudite, ô Bourboule,
Maudits tes Auvergnats,
Ton Mont-Dor, grosse boule
Que glacent les frimas !

Maudits tes lits d'auberges,
Où pâture en troupeau
L'insecte qui s'héberge
Aux frais de notre peau !

Maudites tes cuisines,
Où l'horrible ragoût
Dans de noires terrines
Du matin au soir bout !

Et pourtant, ô Bourboule,
Si l'eau qui de ton flanc
Goutte à goutte s'écoule
Rend la force à son sang,

Et si l'enfant charmante
Retrouve, pâle fleur,
Dans cette eau bienfaisante
L'éclat et la fraîcheur,

Alors, chère Bourboule,
Oubliant mon effroi,
J'irai dire à la foule :
« Gardez-lui votre foi !...

« C'est la source féconde
D'où jaillit le printemps ;
Et qui boit à son onde
Peut se rire du temps !... »

Tu me verras moi-même,
Blasphémateur puni,
Courbé sous le baptême
Qui m'aura rajeuni ;

Et j'irai dans l'Auvergne,
Nouveau Jean précurseur
Pour annoncer le règne
De cet autre Sauveur !!

EN CHINE

JE-HAN-LA-PIN

Étrennes à une jeune malade.

En m'excusant sur ma paresse,
Ma chère Ida, je vous adresse
Avec des bonbons un lapin
Qui n'est pas signé « Siraudin ».
Rien qu'à son aspect on devine
Qu'il a reçu le jour en Chine...
S'il savait parler, il dirait
Le long voyage qu'il a fait
En jonque sur le fleuve Jaune,
En wagon sur les bords du Rhône,
Et de là jusqu'au paradis
Qui sur la terre a nom Paris ;
Mais ce Chinois a peu d'usage

Et connaît mal notre langage ;
Contentez-vous donc, chère enfant,
D'admirer son museau charmant
Qui semble flairer les dragées
Qu'il aura bientôt ravagées.
Est-ce leur parfum odorant
Ou bien le serpolet qu'il sent ?
... Regardez, sa crainte s'éveille,
Il a l'œil fixe, et son oreille
Se dresse en entendant sous bois
Un chasseur qui tient son carquois.
Vient-il le percer d'une flèche,
Ou tirer son fusil à mèche ?...
Jean Lapin ne sait, mais il fuit
Pendant que l'autre le poursuit
Avec la gourmande espérance
Dans de l'huile de ricin rance,
— L'ayant lâchement mis à mal, —
De faire frire l'animal.....

Mon lapin sauf, sans phrase fade
Voici mes vœux pour la malade :
— Que Dieu lui rende la santé,
Les fraîches couleurs, la gaîté,

Et cette grâce enchanteresse
Qui fait cortège à sa jeunesse ;
Et que l'inclémente saison,
Qui l'emprisonne à la maison
Comme une hirondelle attristée
De la brise à peine abritée,
Puisse enfin bientôt s'adoucir
Au souffle tiède du zéphir !

Janvier 1880.

EN ESPAGNE

L'ANNIVERSAIRE

Quoi! déjà douze mois ont fui
Depuis le jour où, rougissante,
Couronne au front comme une infante,
Vous avez dit l'éternel... oui!

On dansait, nous étions en fête,
Lorsqu'à minuit, non sans terreur,
Au bras de votre heureux vainqueur
Je vous vis sortir inquiète...

D'un long regard je vous suivais,
Disant en moi : « Que Dieu la mène,
Et que légère soit sa chaîne!...
Qu'elle aime... » C'étaient mes souhaits!

Mais qui peut dire, ô jeune femme,
Ce qui palpite en votre cœur :
S'il est fait de glace ou d'ardeur,
Si la cendre étouffe la flamme?

... C'est là l'éternel féminin !
L'énigme qui toujours se dresse,
Qui nous effraye et qu'on caresse,
Fragile espoir du lendemain !

C'est le sphinx et c'est la chimère
Que nous interrogeons sans fin ;
C'est l'ombre poursuivie en vain
Qui devant nous fuit éphémère !

Autant vaudrait, quand dans la nuit
Scintille au firmament l'étoile,
Lui demander qu'elle dévoile
Pour quelle fin elle luit ?

L'astre, en sa course solitaire,
Trouvant impertinents nos vœux,
Dirait, je pense : « En haut des cieux
Je brille, ai-je besoin de plaire? »

Qui sait ! Peut-être aussi vos yeux
Brillent sans chaleur et sans flamme,
Et, comme l'étoile, votre âme
Se plaît à nous voir anxieux ?

Peut-être ce qui nous torture
Laisse-t-il votre cœur altier
Indifférent et sans pitié
Devant la saignante blessure ?

1869.

FANTAISIES

VISION DE CAUCHEMAR

... Au loin s'allonge la falaise...
Dans la mer un roc de granit
Jadis vomi par la fournaise
Et que bat le flot qui mugit...
Le ciel est sombre, la mer forte,
La barque va,... sans voir le roc !
Une vague accourt et l'emporte
Avec un effroyable choc
Contre la pointe impitoyable...
C'est fait de nous ; l'abîme est noir,
Et sa profondeur insondable
Ne laisse au cœur aucun espoir...
La barque oscille, tourne et plonge
Sous la pierre que le flot ronge...

3

Et tout disparaît dans l'écueil
Que recouvre comme un linceuil
La blanche écume... En vain sous l'onde,
Qui de toutes parts vous inonde,
Fou de terreur, vous débattant,
Vous vous cramponnez haletant...
L'eau s'engouffre en votre poitrine,
Et sa masse vous assassine !
Votre effroi veut en vain crier...
Plus de voix !... même pour prier ! !

LA CORBEILLE DE MARIAGE

Que vous donner, Mademoiselle,
Puisque autour de vous s'amoncelle
Tout un étincelant fouillis
De diamants et de rubis,
D'or émaillé, de pierres fines,
De guipures et de malines,
D'éventails dignes de Watteau,
Où la bergère et son troupeau,
Et le beau Lindor qui se cache,
Sont galamment peints à la gouache ;
De colliers et de bracelets,
D'ivoires, de colifichets,
De satin, de robes à traîne
A rendre jalouse une reine ?
Merveilles qui bientôt, hélas!
Iront au pays des frimas...
Mon offrande, ce sont ces roses
Sur leur tige fraîches écloses...
Parfum, éclat et pureté,
N'est-ce pas tout votre beauté ?

1876.

HEURE DE PARESSE

Encor couché, la paupière mi-close,
Je vois filtrer à travers mon volet
Avec l'aurore un léger rayon rose
Qui glisse et tremble comme un feu follet.

> C'est l'heure où, paresseuse,
> Vers l'horizon vermeil
> Qui chasse le sommeil
> L'âme s'envole heureuse...

> L'heure des visions,
> Où passent vagabondes
> Les brunes et les blondes ;
> ... Rêves, illusions...

> Où la jeunesse amie,
> Berçant la rêverie,
> Souvenir trop lointain,
> Fait oublier demain !

1878.

LA MALLE ÉGARÉE

A Madame T. L.

I

Tout n'est qu'heur et malheur dans les jours de voyage...
C'est le commun destin en ce monde, et le sage,
Eût-il perdu sa malle, ou souffert de la faim
Devant un rôt servi juste au départ du train,
Doit supporter l'épreuve avec philosophie,
Voir en ces contretemps l'image de la vie,
Et sourire à l'épine en respirant la fleur.
A s'irriter du mal on gâte son bonheur...
Mais c'est trop sermonner... Vous voulez une histoire,
— Quelque scène émouvante, et pourtant pas trop noire. —
Écoutez... Il s'agit d'un colis égaré,
Avec épouse en pleurs, mari désespéré...

Mais tout finit au mieux dans un gai paysage
Que vous reconnaîtrez, je l'espère, au passage.

II

Il est aux flancs d'un mont perdu dans le Forez
Une antique cité du nom de Saint-Bonnet.
Or, un jour de septembre, on vit, machine en tête,
Glissant sur le railway, superbes, l'air en fête,
Deux wagons pavoisés... Attentifs au signal,
Machinistes, chauffeurs, veillaient au train royal :
C'est que chacun savait avoir l'honneur insigne
De conduire son chef, et qu'il s'en montrait digne.
L'auguste directeur, un honnête bourgeois,
En ce lointain pays pour la première fois,
Amenait femme, enfants,... même sa belle-mère,
—Et ce dernier trait seul peint son beau caractère.—
Madame est jeune encore, elle a grâce et douceur ;
Mais le pli d'une rose altère son humeur...
Qu'importe ? on l'aime ainsi. Tout rayon a son ombre,
Et, si le jour nous plaît, c'est grâce à la nuit sombre :
Car vivre, c'est changer, et l'uniformité
Fût-elle sans défauts, affadit la beauté ;
Ses filles au teint rose ont l'ardeur de leur âge ;

Leur joie en ce moment éclate au paysage
Qui se déroule au loin…, aux prés verts, aux grands monts
Émergeant vaporeux des horizons profonds.
Leur mère, un peu plus grave, est, avec sa suivante,
Dans le salon d'honneur, où sa taille élégante
Et son galant costume inconnu dans ces lieux
Aux paysans naïfs font ouvrir de grands yeux.

III

Cependant le train court, et la machine fume
En laissant derrière elle un long ruban de brume.
On franchit deux tunnels, un pont, puis Saint-Bonnet
Avec sa vieille tour enfin nous apparaît.
Notre troupe descend et s'en va par la ville
Voir la place et l'église, avec l'hôtel de ville.
Tout est fort primitif, et plus d'un odorat
Frémit à ce qu'il sent, fût-il peu délicat;
Sur l'herbe des enfants à l'état de nature
Avec les cochons noirs courent à l'aventure…
Une amitié touchante unit bêtes et gens
Qu'un même toit rassemble et qui dorment contents…

De la ville en ruine et de sa solitude

Ayant fait à loisir une complète étude,
De fatigue harassés, nous regagnons enfin
La gare où nous attend un somptueux festin.
Chère exquise, vins fins!... Blancs dindons, gelinottes
Et perdreaux se mêlaient aux grasses matelotes...
On mangea tout le soir, et, quand sonna minuit,
Chacun joyeusement s'en fut gagner son lit.
Madame la première avait fui, tout heureuse
De reposer à l'aise en leur couche moelleuse
Ses membres fatigués,... de mettre un pied mignon
Dans sa pantoufle rose, — un don de Cendrillon, —
D'échanger son corsage entr'ouvrant la poitrine
Contre un long vêtement en bonne mousseline
Qui couvre bien la gorge et la garde du froid
Dans un lit trop rustique et sous un drap étroit...
Mais soudain la tempête éclate à la nouvelle
Qu'une valise manque, et tout justement celle
Qui garde dans ses flancs la toilette de nuit,
Meubles intimes, coiffe... et tout ce qui s'ensuit!...
A cette heure, que faire?... où chercher l'égarée?
Et comment s'endormir, si l'on reste parée,
Bras et seins demi-nus?... Un imprudent offrit
Son peignoir,... mais, hélas! chacun de nous comprit,
A mesurer des yeux la chétive encolure,

Que jamais il n'irait à sa riche nature !
Autre essai, même sort... Alors, perdant l'espoir,
Mais non certes sa rage, elle fut belle à voir !
Comme un lion captif, silencieuse et fière,
Elle arpente à pas lents la chambre solitaire :
En vain son lit est là, même un simple fauteuil,
Elle repousse tout, et ne veut fermer l'œil !...
A l'entendre marcher sombre et tout habillée,
On songeait à ces preux qui faisaient la veillée
Sous une étroite armure enfermés prisonniers,
Attendant que Bayard les armât chevaliers...
A passer en silence, oh ! qu'elle fut donc lente
Cette nuit dont chaque heure irritait son attente !...
L'aurore enfin parut, devançant dans les cieux
Les premières lueurs d'un soleil radieux...
Tout à coup à la porte on frappe, et l'éplorée
Voit entrer son époux avec notre égarée...
Qui nous dira jamais quel miracle d'amour
L'avait fait retrouver avant que vînt le jour ?
S'était-elle arrêtée à Grenoble ou Valence,
Désireuse de voir le ciel de la Provence ?
L'avait-on délaissée au filet du wagon,
Ou mise par erreur dans un autre fourgon ?
Qu'importe ! Heureux Ernest, si tu fus à la peine,

3.

Tu fus certe à la gloire!... Ah! la touchante scène!
Madame, oubliant tout, sa colère, la nuit,
Sa fatigue, ses nerfs, et le sommeil qui fuit,
Couvre de ses baisers son vainqueur... et sa malle!...
Elle aspire à longs traits la brise matinale ;
Puis soudain, s'avisant qu'un bon salaire est dû
A celui qui rapporte un cher objet perdu,
Sur l'heure elle paya la récompense honnête
Au mari tout joyeux d'être à pareille fête !

Octobre 1882.

LE PORTE-BOUQUET

A Mademoiselle Marguerite de M.

Voici mon modeste cadeau :
Un vase à l'étroite encolure
Auquel suffit pour sa parure
Une fleur avec un peu d'eau.

Son cristal pur, à votre image,
Ne réfléchit aucun nuage ;
Mais qu'apparaisse le soleil,
L'éclairant d'un rayon vermeil,

Sous ses flèches d'or il scintille,
L'étincelle s'allume et brille,
Flamme éphémère qui s'enfuit
Comme un feu follet dans la nuit.

Vos yeux aussi dans la lumière
Jettent un éclat plus charmant ;
N'était leur allure un peu fière,
On les croirait ceux d'un enfant.

Ce vase, au choc d'un ongle rose,
Tressaille et prolonge un doux son ;
Mais il arrête sa chanson,
Si sur ses bords la main se pose.

Ainsi votre rire argentin,
Chant de l'alouette au matin,
Expire à quelque gronderie
Heurtant votre âme épanouie.

Lilas ou muguet, quelle fleur
Sera ce soir sa prisonnière ?
Près d'elle j'y voudrais du lierre
Comme un frère est près de sa sœur.

Il meurt, dit-on, où il s'attache ;
De même l'amour qui se cache
Étreint d'invisible lien
Tel cœur naïf qui n'en sait rien...

Mais qu'importe à votre innocence
Qui m'écoute sans défiance,
Et ne se sent encor d'amour,
Que pour la fleur éclose au jour?

Eh bien, alors ornez-le vite
De quelque blanche marguerite :
J'en sais une pleine d'attraits
Et dont je vois d'ici les traits...

J'ignore la métamorphose
Qui lui donna visage humain,
Mais j'ai lu jadis qu'une rose
Avait eu semblable destin,

Et qu'ainsi métamorphosée
Elle fut bientôt épousée
Par le jeune prince Charmant...
A ma fleur j'en souhaite autant !

1877.

LES DEUX SŒURS

A Madame M. L.

Du premier mouvement il faut, quoi qu'on en dise,
Se garder quelquefois, de peur d'une méprise...
« Pourquoi, me direz-vous, ce thème à madrigal ? »
— J'allais innocemment et sans songer à mal, —
Comme galant tribut doter votre étagère
D'un archer en vieux bronze au costume... sommaire.
Déjà de votre hôtel il prenait le chemin,
Quand de sa nudité je m'avisai soudain :
« Pour tout costume un arc !... Dieu ! quelle inconvenance
Au milieu d'un salon où fleurit la décence !
Qu'en visite une miss chez elle aille demain,
Couvrant son front pudique avec sa blanche main
En détournant les yeux elle dira : *Shocking !*
Eût-elle, sans broncher, vu maint Arthur *flirting !* »

Sur ce, mon vieux guerrier reprit ici sa place,

Et, pour que de ma faute il ne reste pas trace,
J'ai fait choix d'un biscuit d'une entière blancheur
Qui trônera chez vous sans blesser la pudeur.
Il figure une femme au gracieux sourire
Qui, les seins demi-nus, laisse pencher sa lyre.
C'est la muse du chant!... tout le dit, sa beauté,
Et son port de déesse, et le dauphin dompté!
Il semble, à votre appel qu'elle vient de se rendre,
Et que, déjà charmée, elle veut vous entendre ;
Aussi, quand votre voix fera battre mon cœur,
Elle aussi, frémissant, dira !.. « Bravo, ma sœur! »

1881.

SILHOUETTES D'AVOCATS

Me A.....

EN 1860

Comme un torrent
Exubérant
Roule abondant
Le flot pressant
De sa parole
Sans hyperbole.

On voit courir
Sans s'alourdir,
Et puis s'enfuir
Pour revenir,
Sa phrase alerte
A l'aile ouverte.

Son sténographe
Perd l'orthographe ;
Écrit paraphe
Pour olographe,
Souffle éperdu,
... Il est rendu !

Puissant de torse,
Calme en sa force
Et doux d'écorce,
Sans qu'il s'efforce
Il plaide tout,
Sans être à bout.

... Tel est A..ou
Toujours debout !

1860.

Me L.....

Des assises voici le maître !
Brive en Corrèze le vit naître...
Qui donc ne l'a pas entendu,
Tête haute et le bras tendu,

Tonner avec sa voix vibrante,
Jetant à son gré l'épouvante
Ou la pitié dans tous les cœurs?
On l'écoute, on tremble, on frissonne!
Et quand vient la tirade en pleurs,
Pandor même, nature bonne,
Tressaille sous son baudrier
Et compatit au meurtrier!...
Dans cette émotion extrême,
Un seul résiste à l'orateur,
Raille tout bas le grand acteur,
... Et ce railleur-là,... c'est lui-même!

POST-SCRIPTUM

« *M*^e *Lachaud est mort hier soir.* »
(FIGARO, 10 déc. 1882.)

Cher grand confrère aimé,
Pardon, je t'ai rimé!
Triste est la raillerie,
Qui paraît quand la vie
S'est éteinte soudain,

Et qu'on lit qué demain
De l'ami qui succombe
Doit se fermer la tombe !
C'est sans fiel, tu le sais,
Qu'en en forçant les traits
J'ai tracé ton image ;
Mais dans mon badinage
J'ai du moins respecté
Ton cœur et ta bonté !

10 décembre 1882.

Me B.

Aristide fut son aïeul,...
Du palais franchit-il le seuil,
Aussitôt, pour entendre un sage,
On se presse sur son passage !
Jeunes et vieux, à son aspect,
Lèvent la toque avec respect;
Et, s'il se rend à la parlotte,
Tout se tait, à peine on chuchote,
Miracle que dans un tel lieu

Jamais ne put opérer Dieu !
A la barre, sa voix austère
Fait trembler la femme adultère
Et console ainsi le mari
Dont trop souvent le monde a ri !

Me R.

Une médaille florentine...
Nez aquilin et lèvre fine ;
De la mélancolie aux yeux
Creusés sous un front soucieux.
La froideur sied à ce visage
Qui reflète l'âme d'un sage ;
Mais la flamme échauffe son cœur,
Qui pourtant doute du bonheur...
Il porte à la bassesse humaine
La fière et vigoureuse haine
D'Alceste, dont il semble issu.
Aux jours néfastes on l'a vu,
Calme et relevant les courages,
Plaider la cause des otages.

Me C.

Si j'évoque un instant cette époque trop sombre
Que nos esprits calmés doivent laisser dans l'ombre,
Comment donc l'oublier, celui-ci, plus nerveux,
Qui fut de la cité l'édile courageux ?...
La foi du patriote était sincère, ardente...
Il faut se dévouer... cette tâche le tente !...
Il aspire au péril bien plutôt qu'aux honneurs,
Car il sait qu'il n'aura que d'amères douleurs !
Jours de trouble et d'angoisse... Ah ! je les vois encore,
Après douze ans passés, les larmes qu'il dévore,
Quand, la ville affamée expirant sous la faim,
Il va chez le vainqueur qui joyeux dit : « Enfin ! »

Dirai-je sa faiblesse ?
Trop souvent il se blesse
Et devient ombrageux
Devant le vice heureux,
Lui aussi c'est Alceste,
Et son humeur l'atteste !...
Les Philinte en riront,

Les autres l'aimeront :
Car avoir l'âme tendre,
Croire au bien d'un cœur chaud,
Est encore, à tout prendre,
Un assez beau défaut !

Mᵉ F.

Quel plus noble spectacle
Qu'un pur sang qui, sans frein,
Libre, franchit l'obstacle
Toujours à fond de train !

La rivière est profonde...
Qu'importe ? il est lancé.
D'un pied sûr il bat l'onde,
Et jamais n'est lassé !

A peine un peu d'écume
Aux naseaux frémissants,
Sur sa croupe qui fume
Et ses jarrets puissants...

Geste, action, parole,
F... fait songer
A ce coursier qui vole,
Amoureux du danger !

Me L.

C'est la clarté faite homme !
Sans effort il consomme
Quatre dossiers par jour !
Première instance, Cour,
Petite ou grande affaire,
Quel que soit l'adversaire,
Sur l'heure et sans apprêt
Pour la lutte il est prêt !
D'un ton net il expose
Tous les faits de la cause ;
Puis, bientôt, s'animant,
Il enfle son accent :
Sa logique vous presse,
Contourne avec souplesse
L'obstacle ou l'argument...
L'adversaire proteste ?...

Il l'écrase d'un geste,
Lui prouve qu'il a tort,
Et le laisse pour mort!!!

Me C.

Il fait rêver d'Alcibiade
Sous le portique en promenade,
Allant d'Aspasie à Platon,
Un peu léger, mais de bon ton.
Si l'Athénien fut frivole,
Lui s'est fait sage, et sa parole
Que soutient un rythme élégant
Sait séduire aussi le savant.
A vingt ans à peine, la presse
Reçut sa première caresse;
Mais son culte fut déserté
Dès qu'il vit sa stérilité,
Et bientôt au brillant styliste
Succéda le grave juriste.

Me C...

Sous cette puissante narine
S'abrite une bouche si fine
Qu'on voit s'y distiller l'esprit...
C'est un sage, un père conscrit ;
Il a pourtant une maîtresse...
Chut !... c'est Diane chasseresse,
Et chaque dimanche au matin
Pour elle il immole un lapin !

Me P...

En le voyant calme et content,
Raconter d'un air débonnaire,
A vous, à moi, son confident,
Qu'il va plaider sa grande affaire,
Et qu'il obtint hier à la Cour
Une remise au premier jour
En raison d'un « préparatoire »,
Dont il vous fait au long l'histoire,
On se dit : « C'est un homme heureux,
Le ciel a comblé tous ses vœux ! »

M^e D.

Ce tonitruant a du creux...
Il en est fier, il est heureux
D'en jouer comme on fait d'un orgue !
Il porta cinq galons sans morgue.
Savant comme un bénédictin,
Bourré de grec et de latin,
Et souple sous sa rude écorce,
C'est le pourfendeur du divorce...
Hébreu, Bible et poème hindou,
Son nouveau livre éclaire tout !
S'il néglige un peu l'art de plaire,
C'est qu'il sait bien que son affaire
Aura l'oreille de la cour
... Même s'y trouvât-il un sourd !

Me C.....

Rasé de frais, le nez au vent,
Gouailleur, en vous apercevant
Il lance un mot qui fait piqûre ;
Le trait est vif et la main sûre...

Mais tout s'arrête à fleur de peau,
Car il rentre l'arme au fourreau,
Satisfait pourvu qu'on en rie
Comme autour fait la galerie.

Me K..

C'est l'homme exact; il vient, il va
De la première à la sixième,
Plaide et réplique à la septième,
Ne rit guère... et s'appelle K.
A nos traditions fidèle,
Pour les jeunes c'est un modèle!

Me M.

Celui-là connaît son affaire,
Jamais dossier ne fut mieux su;
Aussi je plains le téméraire
Qui s'expose aux coups de M..su!

1875.

Me R.

Grave, mais sans austérité,
Il vous salue avec bonté...
A voir son placide visage
Où se lit le calme d'un sage,
Sa chevelure aux tons soyeux,
L'onction qui sort de ses yeux,
Sa main fine quoiqu'un peu grasse
On se sent fondre sous la grâce,
Et l'on voudrait baiser l'anneau
De cet archevêque si beau!!

Me F.....

Bien campé, ferme de regard,
Avec le geste pittoresque,
Brave d'ailleurs, chevaleresque,
Tel se présente à nous F...ard!...

Né sous l'étoile romantique,
Rêvant d'Espagne et d'Alcazar,
Il aime l'ampleur dramatique
De Ruy Blas et de don César.

Or, un jour, du moins on l'assure,
Du grand maître prenant l'allure,
Sa lame de Tolède au poing,
On le vit tailler un pourpoint
Dans le large manteau du crime!
— ... Mais, entre nous, c'est une frime! —

Me P.....

Maigre, front chauve et barbe rude,
S'il se tait, on dit : « Belle étude
Pour un saint Laurent de Ribot! »
Mais dès qu'il parle, au moindre mot
On se reprend : « C'est Diogène,
Moins la lanterne et le sans gêne! »
Il en a le caustique esprit,
Et l'on fait cercle à ce qu'il dit...
Si parfois sa verve est amère,
Et si sa bonne humeur s'altère,
C'est qu'il cache mal son dédain
Pour le charlatanisme humain!

Me D...

Ce vieux lutteur à barbe blanche,
Qui sous le faix des dossiers penche,
Est conseiller municipal......
Est-ce à Montrouge, à Bougival,
Ou dans la plaine que féconde
Le limon déposé par l'onde,
Qui chaque matin de Paris
Emporte les fumeux débris?...
Son ardeur reste juvénile,
Comme sa parole est facile.

LE BANC DES ANABAPTISTES

Ils sont trois, et c'est le trio,
Le trio des Anabaptistes.

Sur leur banc s'ils vous semblent tristes,
C'est qu'ils cachent bien leur brio,
Le brio des Anabaptistes.

Mais à la barre quels artistes !
Car jamais là n'a détonné
Le trio des Anabaptistes.

Ils sont trois, et c'est le trio,
Le trio des Anabaptistes.

9509. Paris, imprimerie D. Jouaust, 338, rue Saint-Honoré.